인류구원은 말씀과
찬송에 있다

인류구원은 말씀과
찬송에 있다

ⓒ 김준식, 2024

초판 1쇄 발행 2024년 11월 20일

지은이   김준식
펴낸이   이기봉
편집   좋은땅 편집팀
펴낸곳   도서출판 좋은땅
주소   서울특별시 마포구 양화로12길 26 지월드빌딩 (서교동 395-7)
전화   02)374-8616~7
팩스   02)374-8614
이메일   gworldbook@naver.com
홈페이지 www.g-world.co.kr

ISBN   979-11-388-3652-4 (03810)

The Salvation of Mankind
Is in Bible Verse and Praise

인류구원은 말씀과 찬송에 있다

하이데거의 존재와 시간을 넘어서 역사는
선한울림의 시대다

김준식 지음

인류역사를 이끌어가는 새로운
정신이 탄생했다

좋은땅

『인류구원은 말씀과 찬송에 있다』에서 저자는 말하고 싶은 것은 이사야서의 말씀처럼 창조의 목적이 찬송에 있다는 것이다. 사실 찬송은 하나님의 높으심을 찬미하고 드높이고 영광을 드리고 있지만 그 내면에는 엄청난 지혜가 숨겨져 있다. 말씀으로 창조하였고 말씀이 차오르는 생명으로 다가서는 것은 찬송에 있다는 시인은 인류구원도 말씀과 찬송으로 다가서고 있다. 기독교 역사에서 말씀은 인간으로 말하면 피와 같은 존재다. 보혈의 피는 그리스도를 말한다. 피로서 우리를 구하셨다. 피가 없다면 인간은 죽을 수밖에 없다. 피가 온몸 구석구석에 흘러가야 인간은 생존할 수 있다. 찬송은 피가 온몸으로 흐르게 하는 존재다. 찬송이 없다면 어떻게 되겠는가. 말씀이 있다면 찬송이 있어야 한다. 인류구원은 말씀에 있지만 찬송이 있어야 한다. 여기 이 작품은 기독교 역사에서 인류구원에 찬송을 언급한 첫 작품이다. 이 작품은 인류구원은 그리스도에서 시작되며 말씀과 찬송으로 다가설 때 주의 세계가 열리고 또한 주의 궁정의 세계를 보여 주고 있다.

『인류구원은 말씀과 찬송에 있다』는 총 4부로 구성되어 있으며 '찬송은 빛을 끌어당긴다'로 중력적 법칙으로, 새록새록 생명의 빛은 찬송에서 더욱더 우리 안에 솟아오름을 보여 주고 있다. 양자도약은 끌어당김으로 빛을 발산하고 있으며 신은 찬송을 통하여 존귀함과 온유함, 화평과 인자함을 얻기를 원하고 있다. 하나님이 창조의 목적으로 찬송을 택한 이유는 바로 그것이다. 생명의 울림도 빛을 끌어당김으로 욕망이 가득 찬 세계가 아니라 선한 울림이 가득한 세계가 우리 안에 내재한다는 것이다. 마지막으로 우리가 가는 곳은 주의 궁정이다. 그곳은 찬송의 세계, 천국의 세계이다. 천국의 세계는 죽어서만 가는 세계가 아니다. 살아서도 경험하는 세계이다. 누구나 주의 궁정의 세계를 경험할 수 있다. 찬송이 내 안에 가득할 때 오는 기쁨의 충만은 이 세상에서 더 이상 설명할 수 없다.

찬송의 정신은 인류의 힘이다. 각박한 세상에 함께하며 서로 나누고 섬기며 살아가는 힘이다. 찬송의 선한 울림은 인류 사회에 뿌리가 되어야 하고 우리는 그곳으로 가야 한다. 왜 우리는 그곳으로 가야 하는가. 하나님은 말씀을 통하여 창조하고 모든 것을 구속하였다. 그곳이 근본이기 때문이다.

찬송의 능력은 인간의 목적은 하나님을 찬송하는 것(사 43-21) 찬송 중에 하나님께서 함께하며(시 22-3) 찬송할 때 천국의 문이 열리고, 찬송할 때 하나님의 능력이 나타난다. 찬송은 우리 안에 하나님의 생명이 넘치게 하고(요

10-10), 찬송을 통해 하나님의 사랑이 우리에게 더 깊이 부어지며(롬 5-5), 찬송은 우리 안에 평안과 기쁨을 넘치게 한다(롬 14-17)(시 16-11). 찬송할 때 귀신이 쫓겨나고 (삼상 16-23) 찬송은 모든 것으로부터 자유케 한다(속박, 억압, 눌림)(고후 3-17).

시인은 찬송에서 인류 역사를 이끌어 가는 새로운 정신을 발견하고 여기에서 정신의 내면을 보여 주고 있다. 새로운 정신은 선한 울림이다. 정치, 경제, 사회, 문화 등 각 사회에 선한 울림이 있는 정신이야말로 진정한 사회로 갈 수 있는 절대 정신이다. 찬송에서 나오는 선한 울림의 정신은 아름답고 보배로운 정신이며 생명의 부활을 일으키는 정신이다. 헤겔의 이성적인 정신과 다르다. 도덕은 율법에 빠질 수 있고 윤리는 강자가 지배하는 무기가 될 수 있다. 시인은 찬송에서 생명의 울림이 있는 정신적인 힘을 발견했다. 그 정신은 앞으로 인류 역사의 초석이 되며 인류가 살아가야 할 버팀목이다. 또한 시인은 찬송을 통하여 선한 울림의 세계를 보여 주고 있다. 찬송의 존재를 하나님의 영광뿐만 아니라 우리 안에 흐르는 생명샘으로 보고 있다. 시인은 선한 울림을 역사 전면에 내세우고 인류 사회의 본향을 일으킬 수 있는 존재로 바라보고 있다.

이 책이 나오기까지 도움이 된 사랑하는 아내 추경애와 벧엘식구 송옥희와 안옥진에게 진심으로 감사를 드린다.

목차

1부
찬송은 빛을 끌어당긴다   13

2부

생명의 울림   45

4부

우리는 어디에서 왔고 어디로 가야 하는가

1부

찬송은 빛을 끌어당긴다

새록새록 생명의 빛

주를 향한 목마름의 간구는
내 안에 모든 것이
새록새록 생명의 빛이 일어나는 것이다

나의 자유도 나의 소망도,
세계는 황폐해졌고,
신들은 떠나 버렸으며
대지는 파괴되고

인간들은 정체성과 인격을
상실한 시대로 전락했다는
하이데거여

찬송은 태초의 빛을 일으키고
상실한 이 시대를 초록빛 바다로
나의 심연 속에 끌어당기는 것이다
찬송은 시대를 인도하는 등불이다

주를 향한 소망

하나님께서 구하시는
제사는 상한 심령이라
하나님이여 상하고 통회하는 마음을
주께서 멸시하지 아니하시리이다

주를 향한 소망을 일으킨 찬송에
나의 육신은 모든 세포들이
기쁨의 환호성을
지르고 노래하였다

찬연한 대지의 숨결이
내 안에 자라나
나의 몸에는
오곡백과가 만발하였다

여호와는 나의 빛이요

여호와는 나의 빛이요
나의 구원이시니
여호와는 내 생명의
능력이시다

어둡고 캄캄한 망망대해
속에서 한 줄기 빛으로
나를 인도하고

내가 숨을 쉬고
생존을 향해서 설원에
순백의 날개를 펴는 것은
나의 영혼이 깨어나는
찬송이 있기 때문이었다

칠흑 같은 밤하늘에
새가 날개 치며 새끼를 보호함같이 여호와는
너를 호위하리라

식물도 빛을 끌어당긴다

존재하는 식물들도
철 따라 과실을 맺으며
아름다워지고
소망을 간직한다

이 모든 것은 빛을 끌어당겼기 때문이다

식물은 온유한 노래를 부르며 자라난다
차가운 바람
햇살도 숨어 버리고
인고의 계절 속에도

자기 옷을 모두 벗고 인고의 시간을 견디며
빛으로
욕망을 다스리며
봄의 부활을 꿈꾼다

시간은 찬송의 힘이다

시간이란 무엇인가

아침이면 햇살이 내 안에 들어오고
저녁에는 해거름의 노을이
하루의 안식을 심어 준다

시간은 지나가는 것인가
다가오는 것인가

아우구스티누스는 시간은
마음에 있다고 했다

시간은 지구의 자전과 공전에서
나온 것이다 일 년과 하루의 시간들은
물리적인 힘에서 나왔다고
말하지만

왜 나는 시간이 존귀함과 온유함을 일으키는
찬송에서 나왔다는 생각이 들까

태초에 빛이 있었고
창조의 선한 울림이
빛이 되어 양자도약으로
물질이 탄생하게 되었다

찬송이었다
말씀의 선한 울림으로 물질을 만들었고
우주를 이루었다

중력에 의하여 물질이 응집하였고
시간이 생성된 것이다

시간은 찬송의 힘이다
우리가 사람을 만나는 시간
일하는 시간 모든 것은 사람을 만날 때마다 존귀함을 일
으키고 온유함을 일으키기 위하여 시간이 생성된 것이다

내 의식의 존재

언어를 사용하는 과정에서
인간은 의식을 얻게 된다고
말하지만

내 의식의 존재는 찬송이 일어날 때
나의 나 됨이 일어났다
너와 나는 독립적으로 존재하지만
끈으로 연결되어 있다

찬송의 관계는
서로의 아픔을 감싸 주고
위로하며 기쁨도 함께 나눈다

믿음은 찬송에서 시작한다
말씀을 생동시키며

내 안에 있는 모든 것이 활력이 넘치며

모든 생활을 춤추게 한다
살아 있는 것은 찬송이었다

찬송의 울림은 죽어 가는 내 영혼을
소생시키고
내 안의 세포들을
찬란한 아침을 맞게 한다

찬송은 우리 안에 있는 생명샘이다
내 영혼이 고갈되고 마르고
모든 힘이 소진될 때에

생명을 솟아나게 하는 찬송이 있기에 내가 꽃이 피고
열매를 맺는 것이라

나를 생동하게 하며

고요한 밤에도 나를 생동하게 하며
얼어붙은 마음에 나를 봄눈 녹이듯
내 마음을 열게 하는 것은
주의 공의가 나를 끌어당겼기
때문이었다

찬송은 태초의 언약을
내 영혼에 끌어당긴다

나의 생존의 의지는 그곳에서 나온다
그곳은 끊임없이 위로하고
무한한 힘을 드리우게 한다

모든 육체는 풀이요 그 모든 아름다움은
들의 꽃 같으니
풀은 마르고 꽃은 시드나
하나님의 말씀은 영영히 서리라

인생에서 최대의 성과

인생에서 최대의 성과와
기쁨을 수확하는 비결은
위험한 삶을 사는 데 있는 것이라고
니이체는 말하지만

태초의 언약을 끌어당기는
찬송에 있다
메마른 가지에 새싹이 움이 돋아나
꽃이 피고 열매가 빛이 있기에 피어나듯이

내 인생의
최대의 성과와 기쁨을 수확하는 비결은
주를 내 안에 부르심에 있다

찬송이 머무는 자리는
얼어붙은 겨울 바다의 차가운 바람을

봄날의 따스함으로
끌어당기고

바람과 햇살과 비를 끌어당겨
사과 열매가 자라나듯

내 인생의 영혼을 일으켜 세운다

호흡이 있는 자들이여
주를 찬송하라
너의 연약한 마음에 강하게 붙들리라

이 땅의 모든 생명체에

사람들은 찬송을 하늘 위의
세계로 말한다

주의 영광과 존귀함을
찬양하여 높고 높은
보좌 위에 계신 주를 드높이는
세계라고 말한다

그런데 찬송은 하늘 위에 있는 것만은 아니다
이 땅의 모든 생명체에
감동으로 세상을 일으키는 존재다

나의 눈을 씻어 주며
내가 사망의 음침한
골짜기에도 호흡케 하며
나를 주의 오른손으로 건져 내기도 한다

여호와의 부름은 메마른 곳에서도
내 영혼을 만족케 하여
내 뼈를 견고케 하여

물이 끊어지지
아니하는 샘 같을 것이라

너를 사랑하는 길은 1

너를 사랑하는 길은 찬송에 있다
너의 맑은 미소 어린양을 찬송하면
너의 존귀함을 일으키며

상한 갈대를 꺾지 않는 마음으로
너에게 다가갈 수 있기 때문이다

찬송 속에 바라본 너의 모습은
향기롭다

나의 이기적인 마음을
무너트리고 선한 마음을 일으키게 한다

그곳은 화평의 샘이다

태초의 빛은

태초에 빛은 찬송으로
운행되어 있었다
모든 힘이 존귀함이 차오르고
너의 그 미소도 그 안에 있었다

사랑하는 그대여
사망의 음침한 골짜기를 다닐지라도
주를 향한 부르심은 네 영혼을
소생시키고 태초의 빛이

너를 끌어안을 것이라

내가 부를 때에 여호와께서 들으시리로다
나를 안전히 거하게 하시는 이는 오직
여호와이시니라

우리를 구원에 이르는 지혜

주 말씀은 우리를 구원에 이르는
지혜이니 여호와를 찬송하리로다
내 영혼이 회복되고
말씀에 내 육신은
주가 부르심에

내 몸은 참자유와 소망을 얻음이라
내가 세상에서 요동치 아니함은
찬송에 있다

찬송은 욕망을 말갛게 씻어 주고
아침이슬처럼 나의 영혼에
영롱하게 피어오르게 한다

모든 만물들아
찬송하라
찬송은 태초의 언약을 끌어당겨
태초의 언약을 일으켜 세우리라

너를 사랑하는 길은 2

너를 사랑하는 길은 그리스도의
선한 울림에 있다
찬송은 모든 허물을 감싸고
너를 향기로움의 꽃대궐로
인도하기 때문이다

때로는 마음의 상처가 되고
아픔을 감당할 수 없는
만큼 시련이 다가와도

그리스도의 힘은 모든 것을
이겨 내고 물댄동산처럼
파릇하게 솟아나게 한다

아픈 마음을 위로하고
나의 삶이 칼날 위에 서 있어도
그 힘은 차가운 겨울바람을 이겨 내고 있다

선한 울림은 온 누리를 끌어당기고 있다

아이작 뉴턴은 중력으로
물체 사이에 끌어당기는
힘을 발견했다

어디 물체에서만 끌어당기는
힘이 있으랴
영혼에게도 끌어당기는 힘이 있다

찬송은 주의 인자함을 끌어당기고
주의 소망을 끌어당기는 힘이 있다

선한 울림은 인간의 세계를
끌어당기고 있다
너와 나 사이에
화평함을 불러일으키고

소망의 대지를 불러일으키고 있다

내가 나의 왕을 거룩한 산 시온에
세웠다 하심은

내 마음은
주의 구원을 기뻐하리로다
네가 구원에 이르고
너는 영원토록 이곳에 살리라

대지에 피어나는 모든 것은

플라톤은 천상의 세계를 노래했고
아리스토텔레스는 지상의 세계를
노래했다

찬송은 천상의 세계와 대지의
세계를 연결하는 아름답고
선한 세계이다

대지에 피어나는 모든 것은
빛을 끌어당겨 생명이 새록새록 자라나게 한다

찬송은 천국의 세계를 일으키고
지상에서 주의 의를 일으키는
보배로운 존재다

내 영혼이 사는 길은

내 영혼이 사는 길은 빛 되신
주를 끌어안는 것이다
모든 만물은 서로
끌어당기고 있다

바닷가의 모래알도 혼자 남겨지기
싫어서 서로를 끌어당기고
파도 속에는 잔물결이
서로 당기고 있다

생육하고 번성케 하는 빛은
파릇한 새싹이 돋도록 끌어당기고

새싹은 아름답고 순결한 꽃을
피우기 위해 빛을 끌어당긴다

주를 부르신 곳에

내 영혼이 깊은 주를 노래함은
광야 같은 인생길에

주는 나를 잔잔한 물가로
인도케 하고 찬란한 아침을 맞도록
일으켜 세웠다

여호와를 송축할지어다
빛 가운데 나는 날마다 소생하고 있다

하나님께 소망을 두라

하나님께 소망을 두라
그가 나타나 도우심으로 말미암아
내가 여전히 찬송하리로다

찬송은 하나님의 소망을 끌어안는 것이다
내 영혼이 소생하고
주의 자비가 자라난다

연둣빛 새순이 돋는 것처럼
찬송은 나를 새롭게 태어나게 한다

이 세상에 가장 위대한 언어

이 세상에 가장 위대한
언어는 주의 생기가 돋아나는
찬송에 있다
찬송의 언어는 소망 가득하고 거룩함이
세세 끝까지 이르도다

꿀과 송이꿀보다 더 달도다

죽어 가던 내 영혼이 살아나고
빛 되신 주의 이름을
부르는 곳에

마르지 않는 샘물이 되어
내 영혼이 시들어 가는 나를
초원의 대지로 인도케 하고

선한 울림이 나를 생명의 강가로 인도하여
목을 축일 것이다

찬송의 언어는 의사 전달의

목적이 아니다
생명이 피어나고 자라나
내 인생의 향기로움을 피어나게 하는

빛의 언어다

주의 의로움

우리는 주의 의로움을
끌어당겨야 한다
차오르는 생명은 그곳에 있다

빛을 모든 만물이 끌어당기고
빛은 모든 만물을 끌어당겨
생육하고 번성하게 한다

나는 주의 성실함을 불러일으키고
주는 나를
어둠 가운데서도 불러일으킨다

여호와를 찬송하라
부르신 곳에 너를 지키리라

찬송은 내 안에 태초의 언약을 끌어당긴다

주의 인자함이 내 안에 솟아날 때
내 안은

좌로나 우로나
주는 능치 못할 일이 전혀
없으며 내 영혼의 빈자리에
나를 그 인자하심으로 가득 채운다

빈 들에 마른 풀에
그 단비를 찬송할 때 주는
나를 성령의 단비로 일으켜
세웠다

달이 사라진 칠흑 같은 어둠에
내 영혼을 깨우는 것은
찬송이었다
찬송의 숨결은
독수리같이 날아올라 가는 날개의 비상이다

모든 만물은 찬송으로 변화되어지고 있다

갈라파고스 제도에 사는
다윈의 핀치새들은 환경과
먹이가 바뀌면서 자신의
부리가 변해 갔다

모든 만물이 변해 가고 있다
새의 부리도 변해 가고 새의 날개도
나방의 색깔도 변해 가고 있다

다윈은 종의 기원에서
"자연선택에 모든 만물은
지배되어진다."며
그는 자연선택론으로
인류 역사에 위대한 업적을 남겼다

그의 자연선택론은 기독교의 창조 세계를

부정했고 인류의 역사는 신이
주관하는 것이 아님을
증명하고자 종의 기원을 썼다

그러나 모든 만물이 변화되어지고 있는 것은
진화론에 있는 것이 아니라,
파동의 울림에 있다
빛의 파동의 울림이 없다면 존재하는 모든 것은
정지해 있다

모든 물체는 빛을 끌어당긴다

다윈이여
핀치새들의
생존을 향한 부리의 변화는
자연의 선택이 아니라,

생존의 울림으로 자연의 변화를
극복하고자 부리의 변화가 일어난 것이다

그 파동의 울림은 빛으로부터
자신의 존귀함을 불러일으키고

자신은 생동하고 있었던 것이다

그것은 생명의 근원적인 힘
찬송에서 나왔다

갈라파고스의 핀치새들은
자연이 두렵지 않다
오늘도 이 밤 찬송의 울림이 있기 때문이다
그 울림으로 자신을 변화시켜 생동케 하며
소망을 불러일으키기 때문이었다

생물은 생명의 찬송에 의하여
변화되어져 가고 있다

2부

생명의 울림

태초에 흑암이

태초에
흑암이 깊음 위에
빛이 있을 때 우리는
그곳에 있었다

그리고 예정되었다

땅이 혼돈하고 질서가
빛으로 인도되어
모든 생명이 탄생하게 되었다

주의 영광을 두 눈으로
보게 되었고
주의 소망을 부르게 되었다

너의 맑은 미소는
찬송으로 향기가 돋아났고
너의 청초한 아름다운 소리는
이 세상을 더욱더 피어나게 했다

고요한 밤에

고요한 밤에
새벽빛으로 나를 깨워
주야로 나를 보호하시고
세상을 다스리는도다

찬송의 눈으로 바라보면
세상이 보인다
그 선한 마음으로 세상을 보게 하고
아름다운 마음을 인도케 한다

칸트는 인류가 가는 길이 도덕에 있다고
했지만 진정한 의에 길은 생명을 일으키는
찬송에 있다

큰 산아 네 앞에서 평지가 되리라

완전한 지혜는

나의 도움은 생명이 차오르는
찬송에 있다
주를 찬송하라

여호와께서 성읍을 향하여 외쳐 부르시니
완전한 지혜는 주의 이름을
경외하느니라

너의 근심을 덜어 주고
은혜를 입히사

너로 하여금 세세토록
꽃피우게 하리라

여호와를 찬송하는 것은
너희는 저를 죽은 자 가운데서
살리시고
영광을 주신 하나님을
그리스도로 말미암아
믿는 자니

내 안의 모든 것들을
주가 말씀으로 살아
움직이게 하는 것이라

선한 계획으로 찬송할 때
너의 모습은 마치 너를 위하여
하나님이 창조한 느낌이었다

지금도 그 울림이 가득하다
선한 계획으로 찬송이
너를 인도하리로다

하나님이 너를 사랑하사
선한 계획으로 너를 구원하리로다

나는 홀로 일어서야 했다

어느 세상에 소망으로만
살 수 있겠는가
삶이 지치고 죽음의 계곡에
놓인 적이 한두 번 있어 왔던가
힘들고 지칠 때 나는 홀로
일어서야 했다

욥의 고난이 매섭게 다가왔다
일어나야 했다

그런데 나의 의지가 아니었다
나는 근본적으로 일어서게 하는
힘을 느꼈다

그것은 내가 아니었다
어렸을 때 내가 호흡했던

찬송이 내 안에 있었고
내가 힘들 때

나를 그동안 감싸 주고
생명샘으로 나를 일으키고 있었다

공의로운 길에 생명이 있나니
그 길에는 사망이 없느니라

찬송의 언어

지상에서 가장 아름다운 언어가 있다
어디 아름다움뿐이겠는가
인류 역사는 찬송으로 일어나야 한다
샘솟는 생명의 힘찬 역동

찬송은 우리가 가는 길은 환하게 비추인다

존귀함이 일어나고 인자함이 일어나고
차오르는 생명이 일어나는 길은
찬송에 있다

내가 너에게 말할 때
주의 깊은 뜻이 살아 오르고
주의 긍휼함이 너에게 일어나는 언어로
말하고 싶다

바로 찬송의 언어다

주의 인자함이 차오르고
말씀이 살아 올라 생명의 강가에

너의 마음에 찬송이 가득할 때

너를 인도하고 너를 세우며,
고난 속에서도 찬송의 언어는

너를 지키리라

이 땅에 찬송의 언어가 가득할 때
주의 영광이 가득하리라

인류의 운명과 행동

나는 존재하는 모든 것의 자연의
법칙적 조화로
스스로를 드러내는 스피노자의 신은 믿지만
인류의 운명과 행동에 관하여는
인격적 신을 믿지 않는다는
아인슈타인이여

자연의 법칙과 인간 세계의 법칙은
다르게 보이지만 본질은 같다
자연의 법칙은 빛의 울림이지만
인간의 세계는 선한 울림이다

바로 울림이다

우주 대자연은 찬연한 빛의
울림이 있기에 우주가 숨 쉬고 있고
인류 역사도 선한 울림이 있어야
아픔에 귀 기울이고
인류 사회를 바꿀 수 있다

끝없는 욕망의 대지
전쟁의 공포 속에서
자신의 욕망을 채우기 위해
자신의 정의를 내세우고
우리는 싸우고 있다

이 땅의 모든 백성들아
찬송으로 다가서라

찬송은 인간의 욕망을 말갛게
씻어 내고 찬연한 대지를 일으킨다

우리의 행복은

우리의 행복은 어디에 있는가
욕망을 채우는 길에 있는가

비바람이 몰아쳐도
눈보라가 몰아쳐도
내 앞길은 바위에 물을 내고

메마른 곳에 싹이 돋아나는
생명이 돋아나는 거룩한 씨는
찬송에 있다

찬송이 내재한다면
동토의 들녘에
찬연한 빛으로 불러일으키기 때문이다

모든 생각의 근원은

이기적 유전자가 세상을 이끈다고
누구는 말했지만
내 안에 온유한 산과 평온의 들녘을
불러일으키는 찬송에 길이 있다

찬송은 얼어붙은 대지에
따스한 햇살을
내리고 광야에
시냇물을 흐르게 한다

찬송은
이기적 욕망보다도
초록빛 물결의 심연을 불러일으키고
벽과 벽을 허물고 그 인자함으로 높은

산을 이루게 한다

사물을 헤아리고
그 중심을 알게 되고
진실함을 일으키는 것 또한 찬송에 있다

너의 모든 생각을 찬송으로 헤아려라

이성보다도 더한 깊은 심연의 울림이 있다

여호와의 권능은

여호와의 권능은 모든 것을 헤아린다
죽음에서 구원을 일으키고
아픔과 차가운 얼음 바다에서
나를 소망의 대지로 인도한다

여호와의 힘은 나의 생명의 힘이다

찬송은 여호와의 힘을 솟아나게 하며
긍휼의 자비가 넘치게 한다

찬송으로 말하라
인간의 실존보다도 찬송은
평강이 넘치고
소망의 대지를 일으킨다

인류 구원은 존재에 있는 것이 아니라
찬송에 있다

여호와는 이 모든 것을 이루리라

찬송은 너의 욕망을 온유함으로
청초한 봄의 향기로
너를 일으킬 것이며

해 아래 모든 생물들과
정지해 있는 것들도
살아나려는 모든 욕망의 대지에
순결한 꽃을 피우게 하여

주의 샘을 솟게 하리라

골짜기마다 돋우어지며 산마다
언덕마다 낮아지며 고르지 아니한 곳이
평탄하게 되며 험한 곳이 평지가 될 것이요,

여호와는 이 모든 것을 이루리라

세계의 의식

서양 철학자 비트겐슈타인은
"내 언어의 한계는 세계의 한계다
언어는 내 세계의 의식을
확장시키기 때문이다."라고 말했다

언어가 있기에
그리움이 피어나고
소망이 피어나고
사랑이 샘솟는다

그런데 찬송의 언어는
생명이 차오른다
찬송은 내 의식에 파릇한 생기를

솟아오르게 하고
힘찬 고동을 일으킨다

내가 행하는 모든 곳에 생동케 하며
존귀와 온유함을 차오르게 한다

모든 만물이 차오르는 생명의 찬송이
일어난다면

고통에서 벗어나
힘찬 자유의 날개에서
독수리처럼 날아오를 것이다

비트켄슈타인이여

언어는 의식을 확장시키지만
찬송은 의식을 더하고
아름다움과 선함을 찬란하게 인도한다

잠재 능력

프로이트는 무의식은
우리의 많은 행동
생각 감정의 근원이라고 믿었다

무의식은 억압된 기억 욕망 및 충동의
방대한 저장소라고 말한다

무의식을 다스릴 힘은
찬송에 있다

찬송이 내 안에 쌓이면
억압된 기억은 자유함을
이루고

욕망과 충동은
얼어붙은 심연의 대지를
뚫고 동백꽃 피어나듯이
아름답게 피어난다

온 땅이여 일어나라

너희에게 찬송은 영광된 삶을
살게 하리라

나를 새롭게 하는 것은

찬송의 눈은 우리를 새롭게 한다
하나님을
바라고 하나님을 소망하는 것은
영육 간에 강건하게 한다

피곤한 자에게 능력 주시며
무능력자에게
힘을 더하시니

내 생애 힘은
여호와께로다

찬양은 어둠을 몰아내고 빛을
비치게 한다 사막에 꽃이 피고 향 내음
내리라

너희와 함께하리라

이스라엘이 이란 영사관을 폭격하고
전쟁의 암운이
짙게 깔려 있는 중동전쟁의 위험 속에

지금 멀리 떠난 자들이여
부르신 곳에 주는
주야로 너희와 함께하며
너희를 지킬 것이라

눈동자같이 지키시고
주의 날개 그늘 아래에 감추사

나의 의로운 오른손으로
너를 붙들리라

어디를 가든지 만물을 주관하는
주가 너희를 지킬 것이며
너희를 안전하게 보호하리라

내가 너와 함께함은

모든 것이 나로부터 이루어졌고

순례자의 노래가 너희 마음을 울리리라

여호와를 찬양하는 것은

여호와를 찬양하는 것은
주의 역사하심에
순종과 기쁨과 성령 충만함으로 너의
모든 것을 이루리라

찬송하는 사람은
주의 손이 함께하는 사람이다

흑암의 권세에서 너를
인도하는 것은

어둠에 빛을 내는 찬송에 있다

생명의 강가

생명의 강가로 물을 마시고
내 영혼을 정결케 하는 곳은

주의 인자함을 불러일으키는
찬송에 있다

너의 영혼을 새롭게 하고
부활을 이루게 하는
참생명의 본향은

그리스도의 십자가에
있고

주를 찬양함은 내 영혼이 씻음 받고
구원에 이르게 하리라

생명의 불씨

예전 사람들은 이것을 가장
소중히 여겼다
밤이나 낮이나 보살피고
신주 모시듯 했다

그것은 무엇이었던가
바로 불씨였다
불씨는 생활의 근간이었기 때문이라

환란 속에서도
생명의 불씨는 살아남아야 한다

인류가 소생할 수 있는 길은
찬송에 있다
환란의 비바람을 멈추고
대지가 살아날 수 있는 길은

그곳에 있다

헐벗고 굶주려도

모든 의로움과 자비로움을
불러일으키는

찬송은 온유한 들녘을 가득 메우리라

생명 구원은 하나님의 인자와

긍휼에서 나왔다

저 높은 곳을 향하여

우리 몸은 전기라고 한다
뇌 신경세포가

전기신호로 정보가 전달되어
뇌가 움직이기 때문이다

그를 만나고
내 몸은 저 높은 곳을 향하여 가는
찬송으로 되어 있음을
느낀다

뇌의 전기신호는 파동으로 흐르는데
태초의 빛이 근원이고
나를 이루는 모든 세포는 지금도
흐르고 있다

어둠의 저편에서 내 몸은
영원하고 고요함 속에
내 자신이 소생하고 일어서기를
소망하고 있다

내가 보는 것과 내가 호흡하는 것
내가 듣는 모든 것이 형통하도록
내 몸은 부르고 있다

내가 연약하기에
생동감이 넘치고
나의 이기적인 마음이 빛과
소금이 되기를

하얀 눈 내리는 오늘도
변함없이 내 몸은 저 높은 곳을
향하여 부르고 있다

찬송은 너의 분노를 위로하며

감정의 조절은 어디에 있는가
찬송은 너의 분노를 위로하며
너의 아픔을 씻어 준다

그리고 너를 새로운
눈으로 바라보게 한다

그것이 너희 안에 가득하면
너에게 푸르른 새싹이
돋아나고 강건한 에너지가
너의 뇌 안에 차오르게 한다

찬송으로 평정심을 가져라
너의 몸과 마음이 훼손되지 않고

분노의 바다가
온유의 바다로 너를

인도하리라

빛이 온 누리를 에워싸고

우주 배경복사에서 빛이 온 누리를
에워싸고 모든 생물체가
살아나기 시작했다

나의 행동을 명령시키는 것은
무엇인가
뇌이다 수많은 신경세포가
결집되어 있는 뇌는

입자와 파동을 일으키며
생존하고 있다
고정된 실체가 아니다

뇌의 작용은 신경전달 물질에
의하여 움직인다고 하지만

그 속에 중추적인

선한 울림이 있다

뇌의 세계가 빛의 울림으로
발현되면
별빛 찬란하고 그 아름다움이 경이롭다

도파민과 같은 호르몬은 찬연한 빛의
세계로 인도하고

뇌에서 정보를 전달하는 전기 신호는
울림의 마지막 전달자다
그 아름다움이 휘황하다

나의 높은 곳으로

뇌의 신경전달 회로가
제 기능을 하지 못하면

호르몬의 분비량이 줄어들어 우울증에
도달한다

강한 욕구는 중독이 되어 삶이 문제가 된다
찬송으로 삶을 불러
일으키는 것은

호르몬의 기쁨의
인자가 나의 발을 사슴과 같게 하사

나를 나의 높은 곳으로
다니게 하시리로다

여호와를 경외하는 것

모든 행동은 기억에서 나온다
지각된 것이 기억이 되고 기억된 것만이
지각이 된다

우리 뇌의 반응이다
여호와를 경외하는 것이
세상 모든 것에 지각의
뛰어남이라

찬송은 지각의 첫걸음이다
그곳엔 지혜의 샘물이 솟아나고
우리를 자비의 동산으로
걷게 하기 위함이다

원수 된 곳보다
찬송은 나를 일으켜 세운다
끊임없이 솟아나는
물댄동산으로 인도한다

찬송이 있는 세계

찬송이 있는 세계에 살고 싶다
사람의 허물을 덮어 버리고
그 선한 울림으로 살아가고 싶다

얼어붙은 심연의
대지를 뚫고 나오는
봄이 오는 소리

만물이 소생하며
빛을 머금고
자라나는 그 목련화처럼

찬송이 있는 세계는
아름답고 순결한 그 꽃이
피어나듯

나를 극복하며
선함이 가득한 세계이다
미움은 아픔을 일으켜도

찬송은 모든 소망을 일으킨다

찬송의 힘찬 생동 인자

사람의 뇌는 근육 같아서
호기심이 왕성해지고
도파민은 즐거운 기분을 느끼게 하고
동기와 의욕을 일으킨다

그 속에 흐르는
파동은 삶의 에너지다

도파민에는 찬송의 힘찬 생동 인자가 있다
찬송할 때 온몸의 세포의 울림이 차올라
기쁘게 솟아오르게 한다

평안의 눈을 주고 어둠을 깨우고 새벽을
일으킨다

찬송의 선율은 나를
평강의 바다로 인도하고 거치른 대지 위에
사슴들이 뛰놀게 한다

약한 나로 강하게 하는 힘이 있고
영원한 즐거움이 있다

역사는 선한 울림이다

역사는 이성이 스스로 발전시키고 실현하는
과정이라고 헤겔은 말하지만
역사는 선한 울림이다

모든 만물은 울림의 파동에 의하여
꽃이 피고 열매를 맺는다
선한 울림이 있어야 목마른 사회에
생명샘이 솟아난다

인간의 의식과 자유로운 행위로
역사는 진보한다고 말하지만
그 근본은 이성보다도
선한 울림에 있다

찬연한 빛은 그곳에 있고

황폐하고 메마른 대지를
아름답고 선한 초록의 대지로
자라날 수 있게 만든다

모든 것이 상호 연관되어 있으며,

모든 존재가 하나로 연결되어 있는 것은

선한 울림이다

여호와는 이 모든 것을 이루리라

주를 향한 노래는 너의 욕망을 온유함으로
일으킬 것이요

해 아래 모든 생물들과
정지해 있는 것들도
모든 욕망을 파릇한 샘물로
인도케 하여

뼈 마디마디 골수의 샘까지
생기를 얻어

주의 샘을 솟게 하리라

골짜기마다 생수가 흐르고 광야에도
샘이 솟고 언덕마다 샘이 솟으리라

욕망이 가득한 우리 인생의 들녘에

여호와는 이 모든 것을 이루리라

찬송은 세포를 밝고 환하게 비추이며

미토콘드리아는 세포 소기관의 하나로
세포 호흡에 관여한다
호흡이 활발한 세포일수록
많은 미토콘드리아를 함유하고 있으며
에너지를 생산하는 공장으로 불린다

찬송은 내 안의 힘이며
세포를 밝고 환하게 비추이며
생기를 불어넣는 힘이 있다
태초의 빛에서부터
내가 호흡하는 숨결에 일으키기까지
생기를 일으키며 활력을 일으킨다

주의 성실함을 일으키는 찬송은 내 영혼의 심장이며 내가
살아 있는 존재의
빛과 소금이다 주와 호흡하라

내 영혼이 소생하고 자유를 얻으리라

샘 같은 물댄동산으로

인생은 고통과 권태 사이에서
왔다 갔다 하는 시계추와 같다고
쇼펜하우어는 말하였던가

모든 것이 허무해지는 삶
그것이 인생이었던가

여기 마음의 아픔을
이겨 내는 삶이 있다

물이 끊어지지 않는
샘 같은 물댄동산으로
인도하는 곳이 있다

너와 함께하는 찬송이
파릇한 샘물이 흘러 동산의 꽃을 이루듯
황무한 이 땅에 소망을
일으키고 있다

찬송은 봄날 가득히

참생명을 일으키고
얼어붙은 심연의 대지에
나를 본향으로 인도한다

어둠 가운데 빛이 되는 찬송

그대가 나를 잡아 주던 손은
어둠 가운데 빛이 되는 찬송이었다

그 손은 나의 빈들에 오곡백과가 만발하게
나를 일으키고 나를 세웠다

그리고 보이지 않는 것들을 보이게 했고
들을 수 없는 것들을
듣게 했고

느낄 수 없는 것들을
감동케 했다

나의 텅 빈 공간을
사랑의 울림으로 가득 차게 했다

여호와는 내가 가는 길을 그가 아시나니
그가 나를 단련하신 후에는 내가 순금같이 되어 나오리라

3부

주의 궁정으로 들어가는 길은

죽어 가는 영혼을 살리며

내 영혼을 소생시키는 찬송은
죽어 가는 영혼을 살리며
삶 속에서는 다툼을 화해시키고
옥토밭을 일구게 하는 힘이 있다

사람이 마음으로 믿어 의에 이르고
입으로 시인하여 구원에 이르느니라
찬송은 이 모든 것을 차오르게 하고
숨결로 호흡하는 것이라

"네가 만일 네 입으로 예수를 주로 시인하며
또 하나님께서 그를 죽은 자 가운데서
살리신 것을 네 마음에 믿으면 구원을 받으리라."

찬송은
고독과 죽음의 두려움 속에서 구원하는
빛의 울림이다
주의 궁정으로 가는 인류 구원의 길이다

인류는 찬송으로 황무한 대지를 일으켜야 한다

주의 궁정으로 들어가는 길은

주의 궁정으로 들어가는 길은
어디에 있는가
단테는 신곡에서 베아트리체의 손길로
인도되었지만 너와 나는
생명의 울림으로
주의 궁정으로 들어감이라

육신을 따르는 자는 육신의 일을
영을 따르는 자는 영의 일을 생각하나니
육신의 생각은 사망이요 영의 생각은 생명과 평안이니라

그곳은 만물이 소생하고
영원한 안식이 있는 곳이라
플라톤은 이곳을 이데아라고 했지만
이곳은 주의 궁정 찬송의 궁정이다

어둠이 잠기고
빛과 생명이 일어나는 곳
죽은 사막에서 라일락꽃이 피어나듯
주가 살아 계시고 다스리는 곳이다

내 안의 성전

솔로몬은 성전을 두루에서 바알 신전 기술자
히람을 데려와 지었고
성전은 이방 신전과 다를 바 없었다
스데반은 성전을 비판하다 돌에 맞아 죽었다

솔로몬은 금빛 찬란한 성전을 지으면서
무슨 생각이 들었을까
백성들의 피와 땀방울로 지은 성전
누구를 위한 것이었던가

아름답고 화려한 성전을
주가 무너뜨리고
세웠다

그것은 내 안이었다
생명이 차오르는 찬송의
성전이 솔로몬의 성전보다
더 크고 위대하다

이 땅의 모든 열방들은 찬송으로

나라를 일으켜 세워야 한다

모든 것은 마음에서 시작된다고
선현들은 말하지만

모든 것은 선한 울림에서 시작된다
부유를 나눌 수 있고
가난하고 굶주린 백성들이
함께 살아가는 길은
그곳에 있기 때문이다

여호와의 인자와 긍휼이 무궁하시므로
우리가 진멸되지 아니함이니이다
이것들이 아침마다 새로우니
주의 성실하심이 크도소이다

찬송의 세계

물질이 풍요해도 정신이 빈곤한
시대

수행에 의해 진리를 체득하여
미혹과 집착을 끊고
속박에서 해탈한
세계가 있었다

그러나 또 다른 세계가 있다
존귀함을 일으키고 온유함을 일으키고
존재의 근원을 일으키는 찬송의 세계는
인간과 자연의 세계에 생명을 차오르게
하는 세계다

모진 비바람을 그것은 찬연한 숨결로
헤치며 죽음의 사막에서 찬송의 씨를
뿌리고 싱그러운
봄바람을 일으키는 것

그것이 우리에게 다가오고 있다

너를 사랑하는 길은 3

너를 사랑하는 길은 찬송에 있다
나의 사랑 어여쁜 자여
일어나서 함께 가자

찬송은 영원히 변치 않는
믿음과 소망이 있다
세상이 우리를 속일지라도
찬송이 일어나는 곳에는

의로움이 일어나고 신의가 쌓여 간다

때로는 슬픔과 기쁨이 일어나지만
찬송은 슬픔을 이겨 내고
닫힌 봉우리 문을 활짝 열어젖힌다

내가 산을 향하여 눈을 들리라

나의 도움은 천지를 지으신
여호와께로다

고요함 속에 차오르는 생명

수천 년 넘게 동양에서는 참선으로 진리를
찾아왔고 수행해 왔다

선이란 선정과 지혜를 함께 닦아서
고요한 가운데 깨어 있고,

깨어 있는 가운데 적적하다는 것이다

여기 찬송의 세계가 있다
고요함 속에 차오르는

생명이 있고 강 같은 평화를
일으키며 인자함을 일으키는 세계이다

참선은 혼자 깨달음 속에 있지만
찬송은 나와 너
인류 모두의 끈으로 연결되어 있다

그 생명의 울림이 너무 아름답고 고귀하다

사랑하는 사람이 있으면

사랑하는 사람이 있으면
그와 생명샘 있는 찬송을 하라

찬송은 둘 사이에 믿음을 더하고
마음을 열고 아픔을 이겨 낸다

가물어 메마른 땅에 단비를 적시우듯
찬송이 일어나는 사랑은
의심이 변하여 새롭게
신뢰가 쌓여 가고

하나님의 의가 나타나서
너희를 견고하게 하리라
생명과 빛으로 지혜와 권능으로

네 안에 찬송이 자라나고
주의 진실함이 일어나고
육신은 날로 늙어 가지만

영혼은 더욱더 빛이 나리라

지금 힘들고 지칠지라도
찬송이 다가서는 곳에
영광과 생명으로
인생이 더욱더 아름다워지고
향 내음이 있다

이 땅의 욕망은

이 땅의 욕망은 어디까지였던가

이 땅의 모든 정복자들은
대륙을 정복하고 수많은
사람들을 죽음의 골짜기로 몰아넣었다

그리고 지금도 전쟁의 공포 속에
지구는 신음하고 있다
인간의 욕망의 끝은 어디인가

저 금빛 찬란한 세계가 있다
마르지 않는 샘물
인간이 소외되지 않고
푸르른 숨결이 돋아나는 곳

능률보다도
서로의 선함을 이루고
모두 다 산 위로 올라가지 않아도
행복하고 기쁨이 넘치는 세상

목표 달성보다도
서로를 위해 주는 세상
경쟁보다도 선한 협력을 이루는 세상

힘들어도 웃어 주고
함께하는 세상
선한 울림이 있는 세상이
인류가 가는 세상이다

나의 소중한 자산

나의 소중한 자산은
내 안에 차오르는 생명이 자라나고 있다는 것이다
거치른 들판에 꽃들이 피어나듯

찬송이 일어나는 곳에는
생명의 불꽃이 일어

강 같은 평화가 넘치고
지치고 힘들 때 내 안에
그것을 이겨 내는 힘이 있으니

그것은 주가 내리신 생명의 울림이었다

찬송이 있는 곳에
소망이 일어나고
믿음이 일어나고
사랑이 일어나리라

찬송은 나의 뿌리가 되어

내가 삶 속에 있는 수많은 시간 속에
찬송은 나의 뿌리가 되어 줄기로 자라났고
이제 꽃피울 시간이 다가왔는데

나에게 모진 비바람이 몰아치고 있다
나의 방황의 끝은 어디인가
나는 지금 광야에 서 있다

내 육체와 영혼은 쇠약하나
하나님은 내 마음의 반석이요
영원한 분깃이라

'이 세상 험하고 나 비록 약하나'의 찬송이
주의 권능으로 나를 일으켜 세웠다

찬송으로 죄인인 나를 씻어내고
거룩한 옷을 입게 하였다

여호와를 앙망하라
그곳에 너의 생존의 힘이 있다

그의 노염은 잠깐이요
그의 은총은 평생이로다
저녁에는 울음이 깃들일지라도
아침에는 기쁨이 오리로다

진흙 속에서 피어나는 연꽃이

진흙 속에 피어나는 연꽃이
아름다운 것은 고난과 역경을
뚫고 나온 것이기에
그 아름다움이 더욱 크다

여기 세상을 밝혀 주는 찬송은
우리의 삶을 헤쳐 나가는 진흙 속에서
피어나는 꽃이다

만세반석 열리니
그 순결하고 모든 생명체에
생명의 울림을
전해 주는 꽃이다

슬픔이 있는 곳에
기쁨을 솟아나게 하고
죽어 가는 영혼을 살려 내는 부활이 있는
은혜샘이다

모든 만물을 선순환시키고

짜라투스트라는 이렇게 말했다
신은 죽었고
지상 낙원은 초인에 있고
그곳에 인류의 길이 있다

보라, 여기 참생명의 길이 있다
어둠을 뚫고 눈보라를 헤치며 나가는
생명의 바람이
모든 만물을 선순환시키고
삶의 본향을 일으키고 있다

짜라투스트라여
세상을 일으키는 그 힘
만물이 깨어나 생동하는 그 울림을
들어 본 적 있는가

그 아름답고 선한 울림을 들어 본 적이 있는가

부활과 기쁨과 소망이 넘쳐나는

찬송 전에는 어둠이었으나
이제는 빛을 볼 수 있고
나와 함께 살리니
완전한 길에 행하는 자가 나를 따르리로다

생육하고 번성하며 정결케 하는
찬송의 선한 울림이 있기에
우리의 생은 밝고
소망이 가득 차다

인류가 나아가는 길은
니이체가 말하는
초인과 힘의 의지에 있는
것이 아니다

생명의 차오르는 부활과 기쁨과 은혜가
넘쳐나는 찬송에 있다

내게 능력 주시는 자 안에서
내가 모든 것을 할 수 있느니라

주의 생기가 나를 이루었고

나는 어떻게 존재하는가
주의 생기가 나를 이루었고
내 몸은 원하고 있다
내 몸은 물리적인 운동으로
이루어진 것이 아니다

거친 세파에서 살아나는 길은
나의 이기심으로 살아가는 것이 아니라
내 안에 살아 계시는 주와 호흡하며
동행하는 것이라

여호와여 주의 은혜로 나를 산같이 굳게 세우셨더니

주께서 내 영혼을 사망에서, 내 눈을 눈물에서,
내 발을 넘어짐에서 건지셨나이다

찬송은 매 시간 열매를 맺는 것임이라

여호와는 찬송으로
이 땅의 모든 것이 이루어지기를
원하고 있다

온 세상이 시온성과 같은 교회가
세워지고 주의 말씀이 온 누리를 덮을 때

밀알 하나가 땅에 떨어져 뿌리가 되고
가지가 뻗어나가 열매를 맺는 것은
거룩한 씨가 마르지 않도록
물가로 인도하신 주가 있기 때문이라

네가 네 하나님 여호와의 말씀을 삼가 듣고
내가 오늘 네게 명령하는
그의 모든 명령을 지켜 행하면 네 하나님 여호와께서
너를 세계 모든 민족 위에 뛰어나게 하실 것이라

찬송은 너희 모든 것을 품을 것이요
찬송은 이 땅 모든 것을 호흡케 하리라

주의 영광으로 살아가는 것은

주의 영광으로 살아가는 것은
너를 변치 않게 사랑하는 것이고
십자가로 새 생명을 얻음이라

십자가의 도가 멸망하는 자들에게는
미련한 것이요
구원을 받는 우리에게는
하나님의 능력이라

만군의 하나님이여 우리를 회복하여 주시고
주의 얼굴의 광채를 비추사
우리가 구원을 얻게 하소서

내가 아버지에게 구하겠으니
그가 또 다른 보혜사를 너희에게 주사
영원토록 너희와 함께 있게 하리니

주를 향한 찬송은 이 모든 것을 너희에게
임하리라

내 기쁨이 너희 안에 있어

주가 주야로 찬송하라 함은
내 기쁨이 너희 안에 있어
너의 기쁨을 충만하게 하려 함이라

내 영혼은 은총 입어 찬송하면서
새 생명을 얻고
주의 거룩함을 입으니
너희는 거듭난 자라

찬송으로 마음을 다스림은 악을 물리치고
화평의 샘을 솟게 하리라
삶과 죽음 앞에서

너를 온전히 세우리라
여호와는 능치 못할 것이 없으리라

여호와를 경외하는 것은
나의 교만과 거만과 악한 행실과
패역한 입을 미워하는 것이고
선을 일으키는 것이다

여호와의 성민이 되게 하시리라

그런즉 여호와께서
너를 지으신 모든 민족 위에
뛰어나게 하사 찬송과
명예와 영광을 삼으시고

그가 말씀하신 대로 네 하나님
여호와의 성민이
되게 하시리라

여호와를 경외하는 것은
찬송의 눈으로 세상을 바라보는 것이라

그의 성실함이 나를 일으키고
그의 정의로움이 나를 정직하게 세우고

참생명을 주는 여호와여
주의 선함이
이 땅을 믿음으로 살게 하리라

주의 말씀을 마음에 두는 길은

요셉을 양 떼같이 인도하시는
이스라엘의 목자여 귀를 기울이소서
그룹 사이에 좌정하신 이여 빛을 비추소서

주의 말씀이 다가서는 곳에
찬송의 거룩함이 너희에게 임하면
너희는 택한 족속이요
왕 같은 제사장들이요
거룩한 나라요

그의 소유된 백성이니
주의 자녀들아
이 나라 백성들은 찬송으로
거룩함을 입으라

이 세상의 가장 승리자는

페르시아 원정을 떠나기 전
알렉산더는 왕실 재산 대부분을
부하들에게 나누어 준다
페르다키스 장군이 물었다

"대왕께서는 자신을 위해 무엇을
남겨 놓으셨습니까?"
알렉산더가 대답했다 '희망이라고'

그러나 참다운 세계가 있다
이 세상의 가장 승리자는 낮은 자를
높이 세우고 욕망을 푸르른 산실로
잉태하는 찬송에 있다

찬송의 길은 구원의 길이다
황금빛 들녘을 빼앗아
백성들을 억압하는
것이 아니라 백성들의 귀를 기울이고

주의 인자함으로

일으키며
세우는 것이며

넉넉함으로 주의 과실을
나누는 것이다

목마르고 황무한 이 땅에

실존주의자들은
찬송은 동화나라에서 꿈꾸는
아름다운 설원을
그리며 마음속에 존재하는 것으로 알고 있다
어디 실존주의자들뿐이겠는가

나의 현실은 어두워져만
가고 있는데
차디찬 바닷바람이
나를 매섭게 몰아치고 있다

나는 찬송의 마음으로 이겨 내고 있다
찬송은 얼음 바다를 봄바람의 향기로
내 안에 불러일으키고

목마르고 황무한 이 땅에 새싹이 돋아나게 한다

강물이 합하여 바다가 되듯
온 땅이 선한 울림으로 합하여
주의 의를 일으키며

봄날의 꽃으로 피어나게 하는 것이
찬송이다
너희는 마음에 근심하지 마라
여호와의 영광이 이 땅에서 이루리라

존재와 시간

하이데거는 존재와 시간에서
나를 존재자로 세웠다
그런데 존재의 근원이 있다

내가 왜 태어났으며
내가 왜 살아가야 하는 가
그 물음에 하이데거는
내가 존재하기에 살아가는 것이라 했다

그런데 내가 존재하는 것이기에
살아가는 것이 아니다
내가 살아가기에 존재하는 것이고
내가 살아가는 것은

찬송의 마음에 있다

그것은 어둠을 밝혀 주고
생의 빛을 일구기 때문이다

사망의 권세에서 이겨 내고

불안하고 고독한 존재의 길에서 목마름에
생명수를 채워 주니

나의 소망을 일으키는 것은
내가 존재하기에 일어나는 것이 아니다

내가 너의 모든 것이 될 수 없지만
찬송의 힘은 너의 모든 것을 일으켜 세운다

우리를 깨닫게 하소서

여호와여
우리를 깨닫게 하소서
주의 인자하심으로
우주는 생동하고 있음을 알게 하소서
나의 이기적 욕망을
주의 산으로 옮겨
주의 향기로 꽃 피우게 하소서

인생은 욕망으로 꽃을 피우는 것이 아니라
찬송으로 꽃이 피고 꽃향기가 일어남을
알게 하소서

주의 궁정에서

주의 궁정에서 한 날이 다른 곳에서
천 년보다 나으리니
내 평생 여호와를 송축하나이다

천 년을 하루같이
내 삶의 모든 역사를 주관하는
여호와여

주는 빛 되시고 인자하며
눈물의 골짜기를

샘 같은 평온의 대지로
나를 인도할 것이라

무화과나무가
비록 무화과나무가 무성하지 못하며
포도나무에 열매가 없으며
감람나무에 소출이 없어도

나의 영혼에

생명의 손길로 나를 감싸 주는 여호와를
찬송하리로다

욕망은 사망의 길을 재촉하지만
찬송은 욕망을 아우르고
파릇한 샘물이 솟아나는 길로 너를 인도한다

4부

우리는 어디에서 왔고

어디로 가야 하는가

1

짜라투스투라는 나에게 말했다
신은 왜 창조의 목적을
찬송에 두었는가를
이해할 수 없다고 말했다

바로 너희를 사랑하기에
창조하였다는 말을 하지 않고
왜 찬송에 두었는가

화려하고 아름다운 선율
경배와 찬양을 보면 신의 영광이 나타나는가

바로 이러한 것들이 신의 모습인가
자비를 베풀고 공의를 내세우는 것이

신의 모습 아니던가

짜라투스트라는
나에게 끝없는 물음을 보냈다

우주 창조의 목적 제1원칙이

보살핌의 긍휼이었다면 어찌되었을까
그런데 신은 찬송이었다

"이 백성은 나를 위해 지었나니 나를
찬송하게 하리라" 이사야서의 말씀이다

창조의 목적이 찬송이고
그다음 인간의 사랑이다
인본주의자들은 도저히 이해할 수 없었다

수직적 세계 속에서 수평적 세계를 바라본다는
이 우주관을 얼마나 이해할 수 있겠는가

2

신은 자기의 존재를 위하여
우주를 창조했다고 짜라투스트라는 말했다

즉 짜라투스트라는
내가 너희를 사랑했기에
창조를 했고 그리고
찬송을 받아야 하는데
순서가 뒤바뀌었다는 것이다

짜라투스트라는 강가를 거닐면서 나에게 말했다

찬송의 세계는 오직 인간은
없고 하나님의 영광이다

인간은 절대자의 부속물이라고 말했다
즉 짜라투스트라는 찬송을 노래만을
생각했다

교회에서 들려오는 아름다운 소리를 들어 보아라
짜라투스트라는 나를 교회에 데리고 갔다

아름답고 영혼의 울림의 소리를 듣게 했다
신은 이 울림을 듣고 인간의 세계를 화평케
해야 했다

그런데 신은 외면했다
짜라투스트라는 신은 죽었다고 말했다

3

그런데 신의 생각을 달랐다
자신은 인간에게 자신의 모든 것을

인간에게 내려 주기 위해

찬송을 택했다

즉, 선한 울림이 일어나야 존귀와 온유
화평의 대지가 꽃을 피울 수 있기에
이 땅의 백성들에게 찬송을 원했다

찬송을 하면 선함이 생성되고
아름답게 세상이 보이고
고난과 역경을 헤쳐 나갈 수 있는
힘이 생성되기에 신은 창조의
목적을 찬송에 두었던 것이다

이 세상의 모든 창조물을 사랑하기에
찬송 속에 만유의 사랑을
주고 싶었던 것이다

그 아름다운 숨결 속에
인간의 대지를 주었던 것이다

그곳에 인류 구원이 있기 때문이었다

인류가 가야 할 곳
영원한 세계는 찬송에 있다는 것이다

신이 인간을 위해서 할 수 있는 일은
아무것도 없다는 것이 짜라투스트라의
생각이었다

그는 나에게 말했다

역사 이래 수많은 사람들이
신을 떠받들었지만
인간을 위해 한 것이 무었이냐는 것이다

오직 자신의 영달과 자신의 존엄을
위하여 찬송을 하라고 명했다

자신을 드높이는 것이 그렇게 좋은가
짜라투스트라는 평소 나에게 자주
말했었다

인간은 단지 하나님의 영광을 위한 존재라고,
마치 황제의 대관식에 악공을 불러 찬양하게
하는 그런 궁중 음악과 같은 존재라고,

대관식에 참여하는 악공들의 찬양

하나님을 드높이는 찬양
신의 영광, 황제의 영광 무엇이 다른가
그리고 신의 영광을 위하여 얼마나 노래를
해야 하는가

4

짜라투스트라여
신은 인간의 존귀함을
가장 먼저 생각한 것이기에
그것이 생존의 길이기에

찬송하라고 명했다

찬송은 모든 것을 선하고 아름답게 하는
울림이 있는데
존귀와 지혜 온유 화평 구원의
해법이 있기에 신은 그 길을
택하였음이라

짜라투스트라여

그 속에 인간의 사랑이 얼마나 깊은지 아는가
신은 생명샘이 솟아나는 찬송 속에
이 모든 우주의 끈을 선순환시키고 싶었던 것이다

신이 창조한 세계는
아름다움과 선함에 있었다

짜라투스트라여
찬송할 때 주의 자비와 인자함이 일으키고
선함이 일어나고 내 안에

하나님의 품성이 차오르는 소리를,
너를 얼마나 사랑하는지를
그 생명의 울림을,
아는가

신이 찬양하라는 것은
찬송을 하면 선한 울림이 일어나
인류 사회가 서로를 위하고 배고픔이 있다면 나누고
아픔이 있으면 서로를 위로하고

기쁨을 나누고
인간의 존귀한 생명을 보전하고자

찬송하는 것임을

짜라투스트라여 생각해 보았는가

시인은 말했다

5

찬송이 없다면 우주의 모든 것은
암흑이 되어질 것이다

꽃들이 아름다운 색으로 피어나는 것은
파동의 울림이 있기 때문이다

꽃은 존귀함과 온유함으로 피어나고

새콤하고 달콤한 사과는
차오르는 생명의 울림이 있기에
열매가 되는 것이다

짜라투스트라여
지금의 온유한 햇살 속에
지구의 생존 모습은

찬송에서 나온 것임을 아는가

존재하는 모든 물질은
존귀함을 일으키고
온유함을 일으키는 찬송에서 나왔다

짜라투스트라는 찬송을
종교 음악으로 생각했지만
시인에게는 찬송은 생명의
시작이요 완성이었다

시인은 짜라투스트라에게 말했다
봄 여름 가을 겨울
철 따라 꽃이 피어나고
과실의 열매가

익어 가고 겨울에 모든 생물들이
봄의 부활을 위하여
자신의 모든 것을 비워 가는 계절을
짜라투스트라여
본 적이 있는가

생명의 태동을 일으키는 그 힘

그 모든 것이 찬송으로 이루어졌도다

우리는 어디에서 왔고 어느 세계로 가야 하는가

찬송에서 왔고 찬송으로 다가서야 함이라

욕망의 세계와 어둠의 세계가 사라지며
온 누리를 환하게 비추이는
찬송이 있는 세계는 참다운 빛이 일어나는
세계이다

김준식(시인·문학평론가)

『인류구원은 말씀과 찬송에 있다』는 작품은 기독교 사회에서 연구되어야 할 가치가 있다. 기독교 역사에서 찬송의 존재를 인류구원과 연계시킨 최초의 작품이기 때문이다. 인류구원은 그리스도에 있고 피로써 우리를 구하셨다. 혹자는 찬송은 인간이 하나님을 드높이고 존귀와 영광을 노래로서 그분을 앙망하는 것인데 찬송에 구원이 있다는 것을 전혀 이해할 수 없다고 볼 것이다. 그런데 찬송에는 하나님께서 함께하는 무한한 생명샘이 있다. 찬송의 능력은 1. 인간의 목적은 하나님을 찬송하는 것(사 43-21). 2. 찬송 중에 하나님께서 함께하며(시 22-3). 3. 찬송할 때 천국의 문이 열린다. 4. 찬송할 때 하나님의 능력이 나타나며. 5. 찬송은 우리 안에 하나님의 생명이 넘치게 한다(요 10-10). 6. 찬송을 통해 하나님의 사랑이 우리에게 더 깊이 부어진다(롬 5-5). 7. 찬송은 우리 안에 평안과 기쁨을 넘치게 한다(롬 14-17)(시 16-11). 8. 찬송할 때 귀신이 쫓겨난다(삼상 16-23). 9. 찬송은 모든 것으로부터 자유케 한다(속박, 억압, 눌림)(고후 3-17).

창조의 목적이 찬송에 있다. 시인은 '차오르는 생명은 찬송에 있다'에서 찬송을 생명적 관점에서 바라보았는데 이번 작품은 또 다른 찬송의 세계를 보여 주고 있다. 서양의 인식론과 존재론, 동양의 노자와 장자의 사상을 아우르고 성리학, 양명학 등 동양사상을 아우르며 인류가 가야 할 최종 목적지임을 말하고 있다. 찬송은 생각의 원천이요. 지혜의 근본이다. 소쉬르는 언어가 생각의 범위를 넓게 한다고 하지만 시인은 찬송은 생각을 활력 있게 살아 움직이게 하고 생명의 숨결을 드리우게 하는 존재로 보고 있다. 우주 태동의 원인에서 인류구원에 이르기까지 말씀과 찬송은 하나 됨의 일치를 시인은 보여 주고 있다. 우리는 찬송을 교회 안에서 부르는 찬송가를 생각하기 쉽다. 찬송가도 하나님의 영광과 인간의 축복을 노래로서 다가서기에 중요하다. 그런데 시인이 말하는 찬송은 우주 창조의 목적이 찬송에 있기에 우주의 본질을 찬송에 두었고 찬송으로 다가서야만이 삶의 본질을 알 수 있다는 것이다. 왜 우리의 삶이 찬송이어야 하는가. 창조의 목적을 찬송으로 해석하고 찬송으로 삶을 다가서야 하기 때문이다. 여기 작품에서는 새로운 정신의 탄생이 나온다. 그것은 찬송에서 나오는데 선한 울림의 정신이다. 찬송은 말씀으로 다가서고 모든 만물을 아우르기 때문이다. 그리고 찬송에서 나오는 선한 울림을 이 시대의 역사의 정신, 미래 사회가 가야 할 길로 보고 있다.

주를 향한 목마름의 간구는
내 안에 모든 것이
새록새록 생명의 빛이 일어나는 것이다

나의 자유도 나의 소망도,
세계는 황폐해졌고,
신들은 떠나 버렸으며
대지는 파괴되고

인간들은 정체성과 인격을
상실한 시대로 전락했다는
하이데거여

찬송은 태초의 빛을 일으키고
상실한 이 시대를 초록빛 바다로
나의 심연 속에 끌어당기는 것이다
찬송은 시대를 인도하는 등불이다

- 「새록새록 생명의 빛」 전문

  하이데거는 현재의 상황은 절망의 상황이다. 대지는 파
괴되어 있는데 신은 대지의 파괴를 극복할 수 없다는 것
이 하이데거의 존재 관념이다. 그런데 시인은 찬송을 통
하여 황폐한 대지를 극복할 수 있다고 말한다. 모든 자연

은 빛을 끌어당긴다. 생명은 빛을 통해서 일어난다. 문제는 자연이 아니라 인간이다. 인간의 정체성과 인격이 세상을 파괴하고 파괴된 대지를 어떻게 극복하는가. 주자학에서는 성즉리, 인간의 순수한 본성을 바탕으로 한 인격의 수양과 실천을 강조하였다. 그런데 시인은 찬송으로 생명의 빛을 일으키는 것으로 상실의 시대를 극복하고자 하는 것이다. 태초의 빛을 일으키는 것은 노자의 상선약수, 장자의 무위자연과는 다르다. 최고의 선은 물과 같다는 상선약수는 물은 만물을 이롭게 하는 것으로 물을 최고의 덕목으로 보고 있다. 장자의 무위자연은 인위가 필요 없이 자연 그대로 삶을 바라보는 것이다. 찬송은 태초의 생명의 빛을 온몸으로 일으키는 것으로 존귀함을 일으키고 온유함을 일으키는 것이다. 그러한 면에서 사물을 바라보는 노자와 장자와는 다르다. 즉 빛이 우주를 태동시켰듯이 우리 안에 태초의 빛을 일으키는 것으로 내 안에 있는 욕망과 삶의 의지 등을 나의 심연 속에 끌어당기는 것이다.

여호와는 나의 빛이요
나의 구원이시니
여호와는 내 생명의
능력이시다

어둡고 캄캄한 망망대해
속에서 한 줄기 빛으로
나를 인도하고

내가 숨을 쉬고
생존을 향해서 설원에
순백의 날개를 펴는 것은
나의 영혼이 깨어나는
찬송이 있기 때문이었다

칠흑 같은 밤하늘에
새가 날개 치며 새끼를 보호함같이 여호와는
너를 호위하리라

-「여호와는 나의 빛이요」전문

　여기에서 여호와는 창조자다. 주자학에서는 내 생명의
능력은 나의 본성에 있다. 시인은 나의 본성은 창조주로
부터 오는 것이고 나의 인격과 성찰도 태초의 빛을 끌어
당기는 찬송으로 나의 나 됨을 말하고 있다. 나의 영혼은
어디에서 왔는가. 내가 숨을 쉬고 생존의 순백의 날개를
펴는 것은 찬송에 있다는 것이다.
　그곳은 존귀함을 일으키고 온유함을 일으키고 나의 영
혼을 깨어나게 한다. 주자학과 양명학은 인간의 내면과

양심을 성찰하면서 성인의 길을 가는 것이지만 시인이 생각하는 인간이 가는 길은 내면의 성찰이 아니다. 참다운 인생의 길은 생명의 본향길이다. 그 본향을 향하는 가는 길은 주의 성실함이 있다. 주의 성실함은 헛된 욕망을 제어하고 파릇한 숨결을 일으키는 존재다.

> 내 의식의 존재는 찬송이 일어날 때
> 나의 나 됨이 일어났다
> 너와 나는 독립적으로 존재하지만
> 끈으로 연결되어 있다
>
> 찬송의 관계는
> 서로의 아픔을 감싸 주고
> 위로하며 기쁨도 함께 나눈다
>
> - 「내 의식의 존재」 중에서

　내 의식의 존재는 심즉리, 모든 이치는 마음에서 나온다는 양명학의 사상과는 본질적으로 다르다. 시인에게 내 의식의 존재는 찬송이다. 찬송에는 차오르는 생명이 있기 때문이다. 양명학은 양심을 통하여 수양을 한다. 그런데 시인은 찬송을 통하여 나의 나 됨이 일어나고 있다. 그곳에는 주의 인자함과 신의, 공의로움이 있기 때문이다. 찬송에서 나오는 숨결은 서로의 아픔을 감싸 주고 위로하는 힘이 있다. 분명 양명학의 양심도 그러한 내면이 있다. 양심의 운행은 사람이 하는 것이고 찬송의 운행은 주가 하는 것이다. 찬송은 인간의 아픔을 위로하며 그 아픔을 치유하며 새로운 삶의 의지를 드높이는 힘이 있다. 그런데 양심은 새 생명을 돋아나게 하지는 못한다.

> 고요한 밤에도 나를 생동하게 하며
> 얼어붙은 마음에 나를 봄눈 녹이듯
> 내 마음을 열게 하는 것은
> 주의 공의가 나를 끌어당겼기
> 때문이었다
>
> 찬송은 태초의 언약을
> 내 영혼에 끌어당긴다
>
> ー「나를 생동하게 하며」 중에서

하이데거는 이 세상의 모든 것을 존재의 중요성으로 부각시켰다. 존재자에게서 생명을 불러일으키는 것은 찬송에 있다. 찬송은 생명의 빛을 일구어 가고 감성을 풍요롭게 만들기 때문이다. 고통과 죽음에 놓여 있는 나의 존재를 긍정의 세계로 인도하기 때문이다. 시인은 자신의 존재를 왜 찬송에서 찾고 있는가. 나의 생각은 분명 존재하지만 나의 생각은 한계가 있다는 것이다. 내가 존귀함과 온유함, 인의와 성실을 생각할 수 있지만 때로는 분노가 그것의 존재를 무너뜨리고 세상을 파괴하는 행태로 나타날 수 있다. 그것은 모든 위정자에서 나타날 수 있는 현상이다. 나의 존재감을 높이기 위해서 지배욕과 물질욕을 위하여 전쟁을 일으키는 경우가 얼마나 많은가. 시인에게 나의 존재는 주의 공의를 일으키는 찬송이다. 찬송은 나의 분노를 잠재우고 헛된 욕망을 벗어나 내 안에 의와 참을 일으키는 생동케 하는 힘이 있다.

> 인생에서 최대의 성과와
> 기쁨을 수확하는 비결은
> 위험한 삶을 사는 데 있는 것이라고
> 니이체는 말하지만
>
> 태초의 언약을 끌어당기는
> 찬송에 있다
> 메마른 가지에 새싹이 움이 돋아나
> 꽃이 피고 열매가 빛이 있기에 피어나듯이
>
> 내 인생의
> 최대의 성과와 기쁨을 수확하는 비결은
> 주를 내 안에 부르심에 있다
>
> ―「인생에서 최대의 성과」 중에서

인생의 목적을 바라보는 관점은 누구나 다르다. 목적 달성을 하기 위해서는 평탄한 곳보다는 도전하는 곳에 있고 위험한 삶을 가질 수밖에 없다고 니이체는 말하고 있지만 시인의 인생의 목적은 찬송이다. 찬송은 우리에게 기쁨과 소망을 주는 삶이다. 그것은 어떠한 권력과 부유가 있는 삶이 아니다.

생명을 일으키는 삶이다. 메마른 가지에 새싹이 돋아나고 황무한 땅에 새롭게 피어나는 풀잎처럼 사는 삶, 목마른 사슴을 잔잔한 물가로 인도하는 주와 같은 삶이다. 하이젠베르크는 지금은 불확실성의 시대라고 말한다. 그러나 시인은 선한 울림의 시대가 도래해야만이 의와 참의 세계라고 말한다. 역사는 선한 울림이다.

역사는 이성이 스스로 발전시키고 실현하는
과정이라고 헤겔은 말하지만
역사는 선한 울림이다

모든 만물은 울림의 파동에 의하여
꽃이 피고 열매를 맺는다
선한 울림이 있어야 목마른 사회에
생명샘이 솟아난다

인간의 의식과 자유로운 행위로

역사는 진보한다고 말하지만
그 근본은 이성보다도
선한 울림에 있다

찬연한 빛은 그곳에 있고

황폐하고 메마른 대지를
아름답고 선한 초록의 대지로
자라날 수 있게 만든다

모든 것이 상호 연관되어 있으며,
모든 존재가 하나로 연결되어 있다는 것은
선한 울림이다

-「역사는 선한 울림이다」 전문

인류구원은 말씀과 찬송에 있다. 그리스도의 죄 사함의
믿음이 있어야 한다. 그런데 찬송은 이러한 믿음을 주의
세계로 인도하는 축복의 통로이다. 하나님의 집은 찬송
이다.

내 영혼을 소생시키는 찬송은
죽어 가는 영혼을 살리며
삶 속에서는 다툼을 화해시키고

옥토밭을 일구게 하는 힘이 있다

사람이 마음으로 믿어 의에 이르고
입으로 시인하여 구원에 이르느니라
찬송은 이 모든 것을 차오르게 하고
숨결로 호흡하는 것이라

"네가 만일 네 입으로 예수를 주로 시인하며
또 하나님께서 그를 죽은 자 가운데서
살리신 것을 네 마음에 믿으면 구원을 받으리라."

찬송은
고독과 죽음의 두려움 속에서 구원하는
빛의 울림이다
주의 궁정으로 가는 인류 구원의 길이다

인류는 찬송으로 황무한 대지를 일으켜야 한다

　　　　　　　　　　　-「죽어 가는 영혼을 살리며」 전문

　육신을 따르는 자는 육신의 일을, 영을 따르는 자는 영
의 일을 생각하나니 육신의 생각은 사망이요. 영의 생각
은 생명과 평안이니라. 찬송은 육신의 일을 따르게 하는
것이 아니라 영의 일을 따르게 한다. 영의 생각은 헛된 욕

망에서 벗어나 생명과 평안을 이루기에 차오르는 생명을
우리는 가져야 한다. 그것이 찬송에서 나오기 때문이다.

　　시간은 지구의 자전과 공전에서
　　나온 것이다 일 년과 하루의 시간들은
　　물리적인 힘에서 나왔다고
　　말하지만

　　왜 나는 시간이 존귀함과 온유함을 일으키는
　　찬송에서 나왔다는 생각이 들까

　　태초에 빛이 있었고
　　창조의 선한 울림이
　　빛이 되어 양자도약으로
　　물질이 탄생하게 되었다

　　찬송이었다
　　말씀의 선한 울림으로 물질을 만들었고
　　우주를 이루었다

　　중력에 의하여 물질이 응집하였고
　　시간이 생성된 것이다

　　　　　　　　　　-「시간은 찬송의 힘이다」 중에서

시간이 찬송의 힘에서 나왔다는 시인의 말은 시간의 본
질적인 속성을 말하고 있다. 물리적인 힘, 중력에 의하여
지구는 자전과 공전을 이루고 하루하루가 운행되고 있
다. 낮과 밤을 24시간으로 균등하게 나누자고 약속을 했
다. 시간은 미래로만 나아간다. 과거, 현재, 미래로 역사
를 해석하기 위하여 편의상 나눈 것이다. 아리스토텔레
스는 시간은 변화의 척도라고 보았다. 아우구스티누스는
시간은 기억이며 칸트는 시간과 공간은 세상을 보는 틀
이라고 했다. 아이슈타인은 속도에 의하여 중력에 의하
여 시간이 변화한다는 물리적 속성을 이야기했다. 뉴턴
은 시간의 속성을 수학적이고 절대적인 시간이 존재한다
고 했다. 그런데 여기에서 시인은 시간은 찬송에서 나왔
다고 말하고 있다. 그것은 창조의 목적과 일치한다. 시간
은 찬송하기 위하여 시간이 존재하는 것이며 여기에는 하
나님의 뜻이 존재한다.

시간은 찬송의 힘이다
우리가 사람을 만나는 시간
일하는 시간 모든 것은 사람을 만날 때마다 존귀함을
일으키고 온유함을 일으키기 위하여 시간이 생성된
것이다

-「시간은 찬송의 힘이다」중에서

우리는 아침에 일어나서 수많은 사람들을 만나고 일을 하면서 시간을 보낸다. 약속 시간을 정하고 행함이 있다. 우리가 사는 세상은 전쟁터이다.

내가 살기 위하여 상대방을 깎아내려야 하고 내가 살아야 미래가 보장되고 가족이 살고 내가 낮아지면 치열한 삶 속에 삶이 힘들어진다. 직장에서도 학교에서도 힘을 얻어야 하고 조직에서도 힘을 얻어야 한다. 그래야 내가 존경받고 내 입지가 커진다. 이것은 모두 시간과 연결되는 것이다.

그런데 나이가 들고 갈수록 불안해지고 삶이 허무하게 느껴질 때가 많다.

시간이 갈수록 인생을 쓸쓸해지고 죽음 앞에서 두려움을 가진다. 인간의 속성일까. 시간을 찬송으로 대하면 모두가 행복하고 시간은 참으로 아름답게 느껴진다. 불안하고 허무한 삶이 찬연한 빛이 일어난다. 무엇보다도 사람을 대할 때 존귀함을 일으키고 온유함을 일으키고 일을 할 때도 존귀와 온유, 감사함을 일으키고 성실함을 일으키고 매 시간마다 기쁨과 소망이 넘친다. 찬송은 주의 생명을 일으키는 것이기에 죽음 앞에서도 허무한 마음보다도 주의 궁정 속에 부활을 바라볼 수 있다. 불안과 초조, 인간의 한계 상황의 실존을 무엇으로 극복할 수 있을까. 찬송으로 극복할 수 있다고 시인은 말하고 있다.

지상에서 가장 아름다운 언어가 있다
어디 아름다움뿐이겠는가
인류 역사는 찬송으로 일어나야 한다
샘솟는 생명의 힘찬 역동

찬송은 우리가 가는 길은 환하게 비추인다

존귀함이 일어나고 인자함이 일어나고
차오르는 생명이 일어나는 길은
찬송에 있다

－「찬송의 언어」중에서

　인류 역사에서 시간을 찬송으로 다가선 사람이 있으
니 그리스도이다. 예수는 가는 곳마다 존귀함을 일으키
고 온유함을 일으켰다. 멸시받은 삭개오를 일으켰고 죽
은 나사로를 살리셨다. 사탄의 시험에서는 의와 참을 일
으켰고 밀밭길을 걸을 때에는 공의로움을 일으켰다. 성
전에서 장사치를 몰아냈고 정결케 하였다. 십자가의 피
로 죽음은 그의 나라와 의를 구하였다. 찬송은 창조의 목
적이요 생명이다. 그곳에 인류의 길이 있다.